每次看《醜小鴨與黑小兔》這個故事，總會想起我初次出國讀書的時光。在陌生的環境中，我說話時帶着奇怪的口音，顯然與他人格格不入。我不敢跟人說話、交朋友，只想避開眾人的視線，躲藏起來。有時我會感到孤單，想念家人和故鄉。

幸好，我在學校裏遇到了一位同學，他成為了我的摯友。他的生命充滿光明和希望，啟迪了我的心靈。外表和口音不再是我的困擾，我明白那是我與生俱來的一部份。生活重新有了意義，我再次充滿盼望和信心。後來，我的摯友成為一位神父，他在我和妻子步入聖堂的時候擔任我們的證婚人。他是我永遠的好朋友，在這段友誼中我學到了很多東西，我明白到友誼、家庭，以及認識自己的重要。我想，沒有隔閡的世界就是最美好的世界。

出版經理

彭建群

2018年3月

醜小鴨與黑小兔

雨田繪本工作室 文

黑山 圖

雨田
出版社

黑小兔吃過午飯後，
在山上玩耍。
沿路看見美麗的花草，
和他們打招呼。

他最喜歡在山路上滑滑梯，
玩得十分愉快。
突然，他看見花叢裏有一隻小鴨子。

他叫醜小鴨，迷了路，
坐在路邊哭泣。

原來，醜小鴨看到家人身上
擁有金黃色的羽毛，
他很想和家人一樣。

他試過用花粉染色，
也試過用枯葉裝扮，
但都很快脫落。
不知不覺便和家人失散了。

黑小兔聽完後，
拍一拍胸口，說：
「放心！我在這裏，不用怕。」

黑小兔帶着醜小鴨上路，
尋找他失散了的家人。
他們攀山越嶺，走過曲折的道路。

黑小兔會和醜小鴨分享甜美的果實。

醜小鴨受傷的時候，
也會為他包紮。

太陽快要下山了，
突然跳出一隻大野狼！

黑小兔和醜小鴨拚命逃跑。
在大野狼快要追上的時候……

黑小兔一腳踢開了大野狼，保護了醜小鴨，
但他卻被野狼抓傷了。

不過，黑小兔一點也不害怕，
反而覺得很刺激。
黑小兔説：「放心！
我在這裏，不用怕。」

晚上，四周十分寧靜。
醜小鴨看着又大又圓的月光，
開始想念他的家人。

第二天，他們繼續上路，
穿過叢林，認識了新的朋友。

他們躺在柔軟的草地上休息，
傳來陣陣花朵的芳香。
醜小鴨看着藍天，
真的很想念、很想念家人。
如果能夠飛上天，
就能看到家人的方向。

這時，醜小鴨的羽毛開始脫落……

思念，
令醜小鴨頭頂上的羽毛漸漸變白，
而且長出了新的羽毛。
他不斷拍打翅膀，
終於，他起飛了，看到家在哪裏了。

醜小鴨和家人重聚了！他們都非常興奮。
醜小鴨說出自己走失的原因，
但媽媽卻說：
「不論你是醜小鴨還是天鵝，你都是我最愛的孩子。」

醜小鴨向家人介紹他的朋友，
全賴有黑小兔，他才能安全回家。
其他小鴨問：
「黑小兔，那你的家人呢？」
這時，黑小兔才發現
他離家已經很遠了。

於是，這次到醜小鴨
送他的好朋友回家。

黑小兔問：「回家的路遠嗎？
我們會再次遇上大野狼嗎？」

醜小鴨說：「放心！
我在這裏，不用怕。」

結伴同行成長路 ————————

| 教育心理學家 | **林懿德**

根據正向心理學，很多人際關係（例如家庭、工作、朋輩）都對於建立美好生活有幫助。研究發現，這些都與所感受到的快樂有密切關係。心理學家彼得森（Christopher Peterson）相信「其他人很重要」（"Other people matter"），他指出當我們經常和別人相處時（例如工作、活動和玩樂等），能經歷快樂，以及享受與人互動的喜樂。因此，與別人有好的關係似乎是我們擁有快樂的重要元素。醜小鴨認為自己的毛色與家人不同，因而心情低落，迷了路，和家人失散了；而黑小兔的出現，讓醜小鴨的生命產生了180度的改變。牠的善良、勇敢和樂觀，給予醜小鴨願意繼續嘗試的動力。對於醜小鴨而言，要獨自尋找家人可能太困難，不過在黑小兔的引導、鼓勵和陪伴下，醜小鴨能學習尋找方法，鼓起勇氣面對難關，最終找回家人。另外，黑小兔在付出的同時也被鼓勵，締結了深刻的友誼。在遇到困難的時候，你要麼像醜小鴨一樣先打開心扉，容讓別人跟自己同行，或是像黑小兔那樣主動成為別人的同行者，在崎嶇的路途上一同學習、一同成長。

祝願大家找到互相扶持的同伴，也希望大家成為鼓勵別人的同行者。

| 繪畫 | 黑山

出生於香港，畢業於英國布來頓大學插畫科。Facebook專頁「黑山的烏鴉」（Dawning Crow）主理人，喜愛繪畫動物和製作黏土模型。現於石硤尾JCCAC擁有個人工作室，並在2017年舉辦首個個人畫展《HUH HUH HUH HUH》。插畫商品散見於香港及台灣兩地。從有記憶開始，便已經在畫畫，愛以繪畫表達多於言語。

| 作者 | 雨田繪本工作室

雨田繪本工作室，由一班專業的創作團隊組成。希望藉着出版高品質的繪本，滋養孩子的心靈，讓他們培養出面對各種挑戰的勇氣。

本故事由安徒生童話名著《醜小鴨》啟發創作而成。

童話繪本系列

醜小鴨與黑小兔 The Ugly Duckling and The Black Hare

繪畫	黑山	出版	雨田出版社有限公司
作者	雨田繪本工作室		香港柴灣安業街1號 新華豐中心2101-2室
編輯	黃國軒	電話	(852)2187 3088
統籌	彭建群	傳真	(852)2563 8246
製作	雨田繪本工作室	電郵	info@rainsteppe.net
		承印	Global Printing Co Ltd.

| 2018年7月初版 | ©2018雨田出版社有限公司 | ISBN 978-988-78337-1-0 |

Originally published in 2018 by Rainsteppe Publications.

《醜小鴨與黑小兔》填色咭

●《醜小鴨與黑小兔》
如果你的朋友像醜小鴨一樣傷心難過，你會為他／她怎樣做？

_____

讀者滿意度問卷

為了使雨田繪本力臻完美，很想了解你們的想法！請填妥問卷，沿虛線剪下，及貼上郵票，便可以獲得精美明信片乙張！（數量有限，送完即止）

一、你對以下項目的滿意度：

滿意度（4 為最高，1 為最低）

1.	故事內容	1	2	3	4
2.	插畫風格	1	2	3	4
3.	封面設計	1	2	3	4
4.	書本大小	1	2	3	4
5.	售價	1	2	3	4

二、基本資料

請在適用的方格裏畫上「✓」。

1. 年齡
□ 0-5 歲　　□ 6-10 歲　　□ 11-20 歲　　□ 16-20 歲　　□ 21-30 歲
□ 31-40 歲　　□ 41-50 歲　　□ 51-60 歲　　□ 60 歲以上

2. 性別
□ 男　　　　□ 女

3. 你從哪裏購得這本繪本？
□ 大型書局：＿＿＿＿＿＿＿＿＿＿（請註明）
□ 樓上書店：＿＿＿＿＿＿＿＿＿＿（請註明）
□ 網上書店　　　　□ 到校書展　　　　□ 香港書展
□ 社交平台專頁 / 網頁訂購　　　　□ 其他：＿＿＿＿＿＿＿＿＿

4. 你最喜歡哪個角色？（可選多於一個）
□ 醜小鴨　　　□ 黑小兔　　　□ 大野狼　　　□ 鴨子兄弟

香港柴灣安業街1號

新華豐中心2101-2室

雨田出版社